도서관 풍경

도서관 풍경

ⓒ 김숙자, 2024

초판 1쇄 발행 2024년 4월 15일

지은이   김숙자
펴낸이   이기봉
편집   좋은땅 편집팀
펴낸곳   도서출판 좋은땅
주소   서울특별시 마포구 양화로12길 26 지월드빌딩 (서교동 395-7)
전화   02)374-8616~7
팩스   02)374-8614
이메일   gworldbook@naver.com
홈페이지   www.g-world.co.kr

ISBN   979-11-388-2973-1 (03810)

도서관 풍경

김숙자 시집

좋은땅

편안한 사랑을 나누어 주는 맛있는 안개.

가벼운 수채화처럼 비가 내린다.
아름다운 지상의 시간은 안개처럼 머물렀다.

마침내 평화로운 안식을 찾은 사람처럼
즐거운 인생을 생각한다.

크림 케이크처럼 맛있는 인생.

작은 새를 키웠다. 투명한 어린 생명,
청춘의 아름다움을 짐작할 수 없는
연약한 새끼를 돌보고 키웠다.
어느덧 새는 하늘처럼 아름다워졌다.

새들의 노래는 내 마음속 합창이 되었다.
하늘 끝까지 날아가길 기원하며
부드러운 기쁨으로 새들을 날려 보낸다.

목차

봄,
목련 가로등이 있는 정원

여름,
장미 마을 요란한 왕벌의 비행

가을,
감나무에 걸린 진주처럼 부드러운 햇살

겨울,
눈꽃 마을을 바라보는 북풍의 눈동자

봄,
목련 가로등이 있는 정원

도서관 풍경

산들바람이 조용한
고양이처럼 창문을 연다

먼 지평선이 하늘 끝에서 만나고
아주 깊이 날아가는 새

무엇을 버리고 가길래
저리 작아 보일까

장미는 노란 향기처럼
도서관 창가에서 책을 읽는다

햇살을 가두어 놓은 구름이
힘든 거짓말처럼 버텼지만

하늘 목소리로 지저귀는
작은 새처럼 빗방울이 떨어진다

감동적인 문장이
창가에 촛불을 켠다

비는 나무처럼 책을 읽는다

안개처럼 깔린 어둠

고요한 빗소리는
촛불과 따뜻한 독서를 선물한다

문장마다 아름다운 사랑이
봄바람처럼 휘감겨 오고

날 선 감각이 전율처럼 흥분할 때

그 여자의 눈물처럼
창문을 두드리는 빗방울

황금빛 사랑이 비바람의
꽃 속에 스며든다

화려한 지혜가
영혼의 방에서 책을 읽는다

낙동강 일기

남풍인가

물결 위로 날아가는 은밀한 그림자

서풍인가

지상에서 가장 아름다운 날을 찾아
갈대의 책을 뒤적인다

강변 마을은 공휴일처럼
시원한 바람의 가지 끝에
잠자리처럼 졸고 있다

흰 모래톱에 새겨진 한 줄기
야윈 새의 발자국이
침묵의 균열처럼 선명하다

햇살의 그물이 눈부시게 펼쳐진다

이별처럼 흩날리는 꽃

하얀 꽃
천둥처럼 흰 꽃

사랑을 기다리던 꽃이 진다

부서진 마음처럼
꽃잎이 흩날린다

화려한 사랑의 흔적
연정의 꽃잎

흰 사랑처럼
꽃비가 내린다

꽃무지개처럼
찬란한 향기

허둥대며 나비가 날아왔지만

일요일의 상점처럼

푸른 문이 닫힌다

사랑의 날개

봄과 나무는 가장 먼 하늘로
생명을 날려 보낸다

바람의 혈관을 타고 오르는 푸른 새
상처 없는 햇살
빙하의 물방울

순결한 사랑은 억센 겨울을 풀어
자유의 문을 열었다

산들산들 날아가는
남풍의 옷자락

나무는 가장 먼 하늘로
소망을 밀어 올린다

따뜻한 기쁨
사랑만이 유일한 생명인 것처럼

지상의 횃불처럼 높이 높이

어느 날이었던가

황금 햇살이
장미 향기처럼 날아다닌다

현란하게 반짝이고
파랗게 이상한 날
지혜가 흰 바람처럼 불었다

시시한 것에 기대지 말자

태양의 정원도
악몽의 그늘도 내가 바라보는 풍경
아홉 마리 여우 같은 생각은
순진한 영혼과 함께 산책한다

초라한 생각은 하지 말자

달의 등대 넘어
어둠을 항해하는 별처럼

나는 나답게 걸었지만

장미처럼 우아하기도 하였고
민들레처럼 작아지기도 한다

햇살의 차

장미 정원
동그란 탁자 사이
국화 향기
현란한 색종이처럼 날아다닌다

감각의 화원
노란 문을 두드리며
바람의 초대장을 내미는
자수정 햇살

정오의 찻잔에
흰 구름이 넘쳐흐르고

따뜻함보다
은은하게

찢어진 비단 같은 기분을
말끔하게 기워 준다

사랑하는 나의 봄날

가벼운 석양

허공에 흩어진 새들의 날개를
퍼즐 조각처럼 맞춘다

꿈꾸는 샤갈의 목로주점
오솔길 가로등
낮은 불빛이 걸어가고

사냥꾼의 개들은 문밖에 앉아
달을 바라본다

매화 향기처럼 은은한 달빛

창가에 흰 장미 피어나고
박하 향기 같은 행복이
남풍을 타고 온다

꽃은 갈대 마을에서 잠든다

화려한 달무리
달의 우물

하늘이 열리고
영원한 생명이 흘러넘친다

흰 샘에 몰려드는
은은한 어둠의 향기
갈대 마을이 배추처럼 자라고
강은 은하수처럼 조용하다

포근한 어둠 속
태양의 추억이 해바라기처럼 빛나는
사랑의 속삭임

새들의 창문마다 새어 나오는 불빛
목소리가 다른 별처럼 지저귄다

강바람을 타고 흘러가는

갈대 마을 은빛 촛불

안개와 나

세월의 안개 속에
맑은 침묵으로 서 있는 나무

하얀 어둠 속에
환상의 그림자처럼 있다

안개 나무
우리는 서로의 간격을 유지하며
마주 보고 있지만
창문 닫은 감정처럼
아무것도 알지 못하는
외톨이가 된다

안개 그리고 하나의 침묵

하루의 욕망이
아이스크림처럼 흘러내리는 저녁

장미를 표현할 정확한
단어가 기억나지 않는다

조용한 정원

빈 항아리처럼 울리는
맑은 웃음소리

향기로운 마을

햇살은 바람 따라
여기저기 피었다 지고
꿀벌과 나비가
새들의 하늘을 점령한다

분홍의 물안개처럼
야릇한 기쁨이
꽃들 사이를 걸어 다닌다

찬란한 운명처럼
예쁘게 단장한 꽃들이
문 앞에서 사랑을 기다린다

조그만 비가 온다

혼자 노는 아이처럼
조용한 비가 온다

안개의 메아리 같은
빗방울 날리고
흐린 날의 선물처럼
꽃이 화사하다

사랑의 그물처럼
피어난 꽃과 꽃 사이
나무는 잎사귀를 숙이고
도란도란 속삭인다

하늘 기분이 감미로운 날

꽃의 미소 같은
향기로운 시를 낭송하며
나의 세상이 행복한 비에 젖는다

시간의 장작을 태우며

흰 달이 구름의 양 떼를 몰고 간다

은방울 찰랑거리는 들판
꽃잎 같은 어둠이 흩날린다

마왕에게 쫓기던 아이도 잠들고
검은 장작불이 파수꾼처럼 밤을 지킨다

붉은 사랑 장미
하얀 눈물 들국화
연정의 코스모스
한낮의 영광이 모두 마른 장작이 되어
어둠을 태운다

어둠이 타오르고
장작을 던지는 침묵은
소유와 무소유의 경계선에서
해맑은 유령처럼 표정 없는 고뇌 속에

평화로운 사랑을 선언한다

오늘도 별들의 꽃밭
은하수를 만들기 위해
수많은 꽃이 피고 진다

목동의 하루

나는 행복한 목동
바람의 노래를 부른다

양들은 즐거운 야생화
행운의 들판을 누빈다

낭만의 함정이 유혹하는
양들의 자유

한 마리가 마녀의 계곡으로 달린다
두 마리가 늑대의 지평선을 달린다

양을 찾아 허우적대며 늑대와 맞서고
무사히 평화로운 들판으로
돌아가길 원하며
검은 구름 속을 방황한다

나는 목동의 피리 소리

양 떼를 몰고 간다

눈부신 매화

음산한 골목

까마귀처럼 잠든
겨울의 마지막 집

창문이 열리고
하얀 종소리처럼 퍼지는
달의 향기

살얼음 같은
물고기가 눈을 뜨고

매화는 차가운 물에
향기를 풀어 놓는다

단단한 슬픔을 깨우는
부드러운 손길처럼
날카로운 눈꽃의 정점에서

새벽처럼 생명이 피어난다

차가운 아침은
순결한 기쁨으로 깨어나
꽃처럼 떨고 있다

동해에서 해를 만난다

샛별의 여명이 따뜻한 이불처럼 펼쳐지고
파도가 잠결에 뒤척이는 시간

바다는 순결한 소원을
정화수 맑은 물에 씻어
연등 같은 해를 날린다

황금 꽃이 솟아오른다

내 마음이 온전히 불타는
환희의 얼굴

영원한 생명을 약속하는 햇살이
소망의 황금 나무를 찾는다

새해 하늘로 가장 먼저
가장 높이 날아오른 갈매기

차가운 겨울을 사막처럼 건너온 사람들이
하얗게 행복한 수녀처럼 해를 바라본다

반짝이는 별

조이*를 보면
예쁜 조이를 바라보면

노란 나비처럼 눈부신
빨간 모자를 쓴 기쁨

조이를 보면
물방울 같은 조이를 바라보면

통통한 손을 흔드는
싱싱한 봄바람

조이를 보면
달빛처럼 조이를 바라보면

꽃 같은 미소
달의 옹달샘처럼 향기롭다
_____

* Lee Joy: 여섯 살.

사랑이 꽃처럼 웃는다

하늘 약속을 해석하는 새들의 노래

희망은 없다
굶주린 습관이 있다

절망은 없다
가난한 기도가 있다

좌절은 없다
사랑을 찾지 못한 혼란이 있다

부자는 없다
성실한 욕심이 있다

가난은 없다
슬픈 눈동자가 있다

아름다운 여자는 없다
자신을 사랑하지 않는 사람이 있다

내일은 없다
해를 따라가는 방랑자가 있다

광활한 들판에 펼쳐진
생활은 신비로운 놀이터

나의 삶은 봄 나비를 닮은
평범한 호기심

노란 꽃처럼 사랑을 찾는다

참새 같은 하루

숲속 옹달샘에 앉은
이름 없는 새처럼
물속의 나를 바라본다

환상 같은 삶
기약 없던 시절부터
천국의 정원에 있을 때나
지옥의 불길 속에서도
무엇도 나를 위협하지 않았다

나를 협박하는 것은 늘
물속의 나와 물 밖의 나

하나는 사랑의 방패를 들고
또 다른 하나는 질투의 창을 든
물의 경계선에 선 두 사람

나 홀로 있었다

여름,
장미 마을 요란한
왕벌의 비행

장미의 방

붉은 안개가 흐르는
현란한 꽃길 사이
마지막 골목
은밀한 집

파란 향기가 새들의 창문을 맴돌고
날카로운 유혹이 비밀처럼 방문한다

하얀 사랑이
출구 없는 미로의 문을 닫는다

푸른 공간에 울려 퍼지는
황금 종소리처럼 부드러운 목소리

따뜻한 숨결은 애정의 형상을 다듬고
비명 같은 분홍의 향기가
물결처럼 퍼졌다

장미는 정숙한 마법사처럼

사랑을 길들인다

인적 없는 산속 마을

나무 그림자는 청량한
무사의 칼처럼 선명하게
금빛 햇살을 자른다

오색 풍경이 산바람처럼 불었다

놀랍도록 순진한 세월이
강아지처럼 뒹굴고

햇살의 장터
화려한 꽃들 사이
바람의 나비가 날아다닌다

보배로운 사람들은 다 어디로 갔나

거미줄에 걸린 여치처럼
몽롱한 분위기

현란한 여자의 미소처럼

이해하기 어려운 풍경이 외로워한다

솜사탕 같은 실수

실수는 커피처럼 엎어졌다
깨진 어항의 물고기처럼 파닥거린다

누구의 잘못도 아니다
잠시 운이 나빴던 걸까
아니면 방심한 걸까

공허한 눈동자가 하늘을 본다

당황한 꽃을 힐끗 쳐다보며 지나가는
풍뎅이 시계가 무심하다

입질 없는 낚시처럼 하품하는
오후의 태양이 지루하고

할 일 많은 물고기는
여전히 분주하다

실수처럼 흘러가는 강의 기분을
고집 센 거북이가 물고 있다

악몽의 꽃

험난했던 추억이여
안녕

절망의 폐허를 맴도는
메아리처럼
남겨진 꽃

새처럼 떠나가는 사랑에게 인사한다

당신은 나의 인생에서
접시 물에 빠진 파리처럼
한바탕 소동을 피우고 가는군요

하늘이 파랗게
유쾌한 날이었다

시간의 명상

창문은 어둠을 닫는다

두꺼운 침묵이
단정한 시간의 방에 앉아 있다
벽시계가 졸리는 눈을 끔벅이고
고독한 그림자를 태우는
촛불이 일렁거린다

사막의 낙타처럼 가벼운 명상은
운명의 옷자락을 잡는다

출구가 은은한 종소리를 울려도
검은 침묵 속에서는
허공의 문이 보이지 않는다

어디선가 섬광 같은 빛이 나타나
사랑의 등대처럼 동그란 길을 뚫는다

물의 나라

별들의 마을
갈대밭을 맴도는 새들의 대합실

시골 버스처럼 낙동강이 멈춘다

바다를 만난 순결한 물
신비한 눈동자처럼
신선한 갈대의 길을 누빈다

새들의 바람으로 쌓은
물의 골목
푸른 창문에서 달이 뜬다

물 위를 걷는 갈대 마을이
사랑의 기적처럼 아름답다

푸른 산길을 지나온 강물은
앞으로 나아갈 하늘을 바라본다

바다 길목에 옹기종기 별처럼 모여

달과 구름 이야기를 반짝반짝 듣는다

여름 도시 풍경

태양이 오렌지처럼 터진다
꽃향기 무지개가 날렸다

햇살을 짊어진 나무 허리가
그림자처럼 휘어진다

뜨거운 하늘 눈동자가
아지랑이처럼 춤춘다

하얀 진주처럼 걸어가는 사람 사이로
지친 바람이 그늘의 벽으로 숨고

아득한 햇살의 망망대해
매미는 출렁거리는 파도처럼 울었다

야생의 붉은 태양이
무인도 같은 바람의 그늘을 맴돌며
굶주린 사자처럼 어슬렁거린다

살기 좋은 날

간밤 폭우에 시달린 공간
바람의 햇살이 구름을 쓸어 낸다

하늘이 파란 장미처럼 피었다

빗줄기의 창살에 갇혀
우울한 고양이처럼 잠자던 기분이
밤의 문을 열고

꽃단장 마친 화사한 여인처럼
햇살을 맞이한다

땅은 물처럼 평화로워지고
숲도 마을도 시냇물처럼 깨끗하다

화창한 토요일
아름다운 행복이 밀려온다

정오의 갈대 마을

물새는
신선한 파수꾼

푸른 갈대 사이를
날아다닌다

강바람은
잠자리 물결 위에
졸고 있다

서풍의 그림자가
은밀한 둥지로 사라지고

실바람 같은
휘파람새의 노래가
창문을 닫는다

갈대 사이

찰랑거리는 물의 어둠

수정보다 맑고
낮은 목소리

바람의 갈대 벽으로
사선의 빛이 들어왔지만

사랑의 향기에 젖은
장미와 백합의 빛은
새어 나가지 않았다

고장 난 시계

돌담처럼 튼튼한 벽시계

톱니바퀴 속의 정교한 시간을 다스리는
충실한 하인

거센 물살에 쓸려가는 혼돈의 질서 속에서
달의 자장가와 태양의 나팔을 불어 주며
우리는 함께 행복했다

햇살 멀쩡한 날 어이없는 사건처럼
시계의 심장이 멈추고 나의 미래가 멈춘다

해는 중천에 떴는데 나의 세상은 새벽에 머문다

흔들고 두드려 깨워 겨우 다시 걷는 너를 보며
익숙한 습관은 무책임한 한숨처럼 안심한다

언젠가는 멈추어야 할 시계가

나의 주인이 된 것은 이미 오래된 일이다

물방울 같은 시간

흰 구름 같은 아침
커피 향기가 맑은 잔에 흘렀다

새들은 평화로운 하늘과 아침 인사를 하고
같은 시간
환상처럼 떠오르는 동유럽 어딘가
새벽 폭탄이 터지고
번개 같은 죽음이 검게 타오른다
평화와 두려움 사이
커피 향기가 퍼지는 이웃집에는
응급차를 타고 가는 마지막 여행이
조용한 눈물의 축하 속에 떠난다

가벼운 사건들
새털처럼 부드러운 시간
하루는 비눗방울처럼 날아간다

장난감처럼 부서지는 오늘

저녁은 기분 전환을 위해
향기 짙은 포도주를 마시고 싶다

무얼 먹을까
무얼 할까
아름다운 일기장이 창문을 연다

하늘에서 새가 떨어졌다

뜨거운 모래 폭풍 같은 허공
앙상한 사막 같은 풍경이 실신한다

땀방울이 십자가처럼 흩날리고
시원한 바람은 먹구름 같은 배신자
겁쟁이 그늘로 숨어 버렸다

하늘에서 새가 떨어진다

추락한 날개를 화려하게 펼치고
헐떡이는 마지막 순간까지
자신을 위로하지 않았다

전사의 바다에 몸을 던진
행복한 표정이었다

더위에 죽은 새가
어제오늘의 일은 아니다

하안거

영혼의 질서를 깨우는
청정한 죽비 소리
낭랑하게 울리고

산새도 날아와 울지 않는다

나비처럼 길을 묻는
행복한 명상이
여름 꽃처럼 단아하다

연민의 사랑 속에 숨은 자비

빗속의 물방울처럼
질문에 답이 있고

단단한 화두는
사악한 운명의
상냥한 인사를 거절한다

여름 장미

햇살의 귀족
분홍 장미

우아한 미소가
꿀보다 진하다

신비로운 정원
왕가의 향기

태양의 마법사도
사랑에 취해

장미의 품에 안긴
정오의 햇살이
황금 밀알처럼 속삭인다

비는 보리암을 지나갔다

폭우가 사라지고
하늘은 청정하다

진주 같은 화두가
맑은 낙숫물처럼 떨어진다

바위의 명상처럼
보리암이 푸르다

경이로운 새들의 노랫소리
청량한 독경 소리

산과 들이 현란한
영혼의 눈을 뜬다

아득히 먼 바닷가 마을
꽃망울이 안개처럼 아프다

하늘 마을

바람이 분다

돌담 그늘 고양이가
산들바람처럼 졸고

소나기구름 같은 커다란
느티나무 아래
여름이 쉬어 간다

먼 곳에서
외로운 개 짖는 소리

게으른 주인도
낮잠을 자고

햇살의 텃밭은
수풀이 무성하다

여름을 지나가는
옥수수 바람 소리

나무를 춤추게 하는
새들의 노래가
물방울처럼 청량하다

가을,
감나무에 걸린 진주처럼
부드러운 햇살

가을날의 사랑

흰나비가 들판의
향기처럼 날아다닌다

정숙한 여인의 목걸이 같은
사파이어 하늘이 파랗다

북풍이 용맹한 남자처럼
순박한 사과를 유혹하고

침묵의 포도송이는
햇살의 꽃을 지켜본다

가을은 수녀처럼 청량하다

하늘로 던진 돌멩이처럼
새들이 멀리 날아가고

휘파람새의 창문으로

낮달이 손을 흔든다

사랑이 떠나간다

화려한 꽃
그 눈동자가
그물에 걸린 물고기처럼 슬퍼 보인다

햇살의 물결이 일렁이는
오후의 밀밭을 배경으로
귀여운 풍경은
인적 없는 오솔길처럼 졸고 있다

눈부신 바람이 도착하고
꽃은 서풍의 열차를 탄다

청명한 날
밀밭을 지키는 묘비명처럼
큰 나무가 삶의 묵상처럼 서 있었다

고독한 통증이 밀려오는 이별
남겨진 것의 떠나간 슬픔과

떠나간 것의 남겨진 미련

분실된 감정이 코스모스처럼 휘날린다

가을 유리창에서 죽은 여치

너의 모습은 아침보다 평화롭다

짐 하나 없는
텅 빈 가방처럼 가볍게

푸른 하늘
흰 구름 따라
푸른 바다로 날아갔구나

네가 살아온 세상은
어두운 방
책상 위에는 낡은 철학과
먹다 남은 빵 껍질이 어지럽혀져 있다

촛불마저 유령처럼 사라져 가는
하얀 소멸

깜깜한 시간이

덩치 큰 괴물처럼 앉아
가을을 닮은 절망의 시를 쓴다

연극이 끝난 피로연

연극이 끝나면 우리는
아름다운 만찬을 즐겼다

싱싱한 감정
충실한 가면의 연기
생생한 생활의 무대에서
상상이 마비된 감동은
몰입하는 영혼을 우아하게 흥분시켰다

우리가 함께 만든 세상
전 재산을 절망에 바친 남자 햄릿
아름다웠으나 미쳐 버린 오필리아
살해당한 왕과 살인한 왕
배신과 쾌락의 여신을 향해
절정의 쾌감 속에 눈물의 갈채를 보낸다

진정으로 미워하며 증오하였다
날카로운 칼은 달처럼 춤추었다

등장인물 누구도
잘 짜인 각본이라 생각하지 않았다
태양의 조명 아래 가장 신이 난 존재는 누구일까

몰입의 어둠 속 객석에 앉은
백지의 운명이 즐거워했다

우리는 하나의 식탁을 장식한
질서 있는 접시처럼 아름답다

무례한 세월이 바람처럼 달려와
식탁을 날려 버린다

사랑이 옷을 갈아입는다

나무는 황금빛 옷을 입었다

우아한 곡선
화려한 얼굴
오후의 구름이 거절할 수 없는
시선으로 유혹을 바라본다

감격의 은방울처럼
비는 가을 벽을 적시고
포근한 공기
은은한 향기 속에
나무는 옷을 벗는다

손님처럼 냉정하게 기다리던 겨울이
불안한 듯 헛기침하며 기우뚱거렸다

사랑의 여신처럼 걸어오는
단풍나무를 향해

어둠의 신사처럼 겨울이 일어선다

시간의 함정

나는 자주 갯벌 같은 수렁에 빠진다

오늘은 안개가 하늘처럼 열린 날
멀리 기억의 마을에서
사랑이 찾아왔다

아름다운 날
벚꽃처럼 떠난 사랑이었다

잃어버린 향기는
씩씩한 유령처럼 나타나고
나는 우울한 연민이 된다

살아남은 고독한 외로움
그토록 아름다웠던 향기가
환상일 뿐이었다는 것이
참을 수 없이 무섭다

오늘이 어제처럼 지나가면
내일은 푸른 기쁨이겠지만
조용히 다가온 높은 물결처럼
나는 오늘의 수렁에 빠진다

싱싱한 생명이 고독한 나무처럼 서 있다

순결한 사랑

달빛이 물 향기처럼 흐르는 밤

사랑의 촛불은 검은 이슬로
편지를 쓴다

나의 사랑은 장미보다 붉었다

슬픔의 종착역처럼 밤의 편지는
태양의 새가 되어 날아간다
파도에 부서진 모래성처럼 밤은 지워진다
달콤한 사랑은 늘 그렇게 허무했다

그런들 어떠하리
나는 이미 삶에 몸을 던졌다
사랑과 이별은
눈에 난 상처의 유령
현실을 지나가는 환상

나는 기쁨과 슬픔의 우체통

쓸쓸한 호수를 배회하는 백조처럼
꿈에 젖은 사랑의 편지를 쓴다

화려한 슬픔

둥지 없는 새
북풍이 날아간다

집시의 달이
등불처럼 커다랗다

상냥한 밤
싸늘한 슬픔 속을 흘러 다니는
청량한 박하 향기

광야의 달빛 아래
집시는 외로운 꽃

남풍의 사랑이 되어
화려한 슬픔처럼 춤을 춘다

사랑 하나 남은
상사화처럼 춤을 춘다

호수에 펼쳐진 하늘

깊은 숲
푸른 눈동자

햇살 흘러가는
하늘 이야기가
파랗게 열려

구름과 나뭇잎
바람과 철새

감동적인 이야기는
호수의 책장을 넘기고

하늘은 호수에게
노란 구름으로 쓴
남풍의 편지를 전한다

화려한 종점

차가운 이별
냉정한 기억

새들의 푸른 심장이 멈추고
녹슨 깡통처럼 남겨진 꽃밭

부서진 마음 한 조각
찾을 수 없다

가혹한 절망처럼
사랑이 사라졌다

홀로 바다에 남겨진
요정의 섬 같은
서글픈 외로움

여행을 마치고
빈방으로 돌아온

가방처럼 허전하다

탐스러운 열매

달빛 바구니에 담긴 진주
너는 은하수처럼 아름답다

파란 눈동자에
흰 달이 뜬다

네 마음은
물결 없는 호수처럼
사랑의 깊이를 모른다

부드러운 미소
목련처럼 신비롭다

하늘 제단에 바쳐진
가을 기도

화려한 나비처럼
달의 향기가 흐른다

나를 바라보는 가을 문 앞에서

순결한 가을
바람의 심장에서
얇은 라벤더 향기가 흐른다

빈집처럼 텅 빈 나무에
홀로 남겨진 열매

하늘이 들판으로 내려오고
놀란 까마귀 떼가 날아간다

오래된 습관처럼
뜨거웠던 여름 풍경은
샘물처럼 조용하다

장독대에 앉은 잠자리가
갈 곳 없는 가을을 바라본다

가을의 시

싸늘한 들판
까마귀처럼 앙상한 나무

잠자리 한 마리 없는
하늘이 쓸쓸하게 외롭다

야윈 밀밭의 이삭 같은
새들이 멀리 날아오른다

가을은 채울 수 없는
여백처럼 아련하다

현란한 은빛 구름

낙엽처럼 흩날리는
하늘 편지

단풍 잎사귀 사이

햇살이 낙서처럼 반짝인다

독서의 우정

나는 알프스 소녀 하이디처럼
고전을 읽었다

청춘을 유혹하는 유행처럼
멋져 보여 읽었던 책
이해할 수 없었다

철학의 문장은 거대한 뱀처럼
미로의 골목을 맴돌며
태양의 광장으로 나가지 않았다

명품 가방처럼 동행하였지만
끝내 서로를 알지 못한
고장 난 가로등처럼 어두운 이별이었다

가을처럼 서늘한 바람이 불어
낙엽의 책장을 넘길 때
차가운 물방울처럼 문장이 나타난다

이제 너를 이해할 것 같다
풀지 못한 숙제처럼
나는 늘 너와 함께 다녔구나
옛날처럼 다시 만나

함박웃음 다정한 손을 잡고
살아온 날의 소중함을 전할 수 있겠다

별들의 집 : 산동네

시간은 신비로운 무지개
퍼즐처럼 그림을 그렸다

생활의 함정이었던
추억의 골목이
알록달록한 노래를 부른다

하늘로 올라가는
실핏줄 같은 길

깡통 하나가 굴러도
새들의 골짜기엔
천둥 치는 소리가 났다

하늘과 구름이
창밖에서 서성거린다

과거와 현재의 터널 속에서

진실을 찾는 균형처럼
상처 많은 꽃은 아름다웠다

오래된 골목에 남아 있는
외로운 감정
바람의 눈동자

추억의 미소인지
그리움인지
알 수 없는 감성의 아이가
나를 바라본다

가을밤의 귀가

쓸쓸하게 차가운 저녁
동그란 달이
화려한 유령처럼 웃는다

첫사랑을 닮은 하얀 얼굴
물방울처럼 맑은 눈동자

오늘은 유난히 부드러운
달의 미소가
바람의 물결 속에
귀뚜라미 소리를 풀어 놓는다

인연은 언제나 가까이 있다

밤길을 걸어가는 동행
달빛이 바나나처럼 속삭인다

침착한 기억을 다스리는

어둠의 향기 속에

추억의 방울 소리

밤 기러기처럼 날아간다

고향 돌담길

너의 눈동자에
은별이 가득하구나

마당에 머무는 바람이
호박꽃 위에 앉아 있다

무너진 닭장처럼 남아 있는 어린 시절
조용한 정적

수정처럼 맑은 기억이
패랭이꽃처럼 반짝인다

세월은 살아 있는 것을
소멸시키지 못했다

구름 같은 주인은
감나무를 맴도는 바람처럼
세월의 방문을 닫는다

하구에 핀 연정

낙동강을 만난 광활한 바다
거부할 수 없는 사랑처럼 빛났다

당신은 이름 모를 아름다움
은은한 애련 같은
서시*의 눈을 가졌군요

당신은 꿀보다 짙은 유혹
달콤한 사랑 같은
양귀비*의 입술을 가졌군요

맑은 강이 만난
바다의 미모는
기러기처럼 날씬하고

나는 당신의 얼굴에서
순결한 그리움을 봅니다

---

* 중국의 4대 미녀: 양귀비, 서시, 왕소군, 초선.

겨울,
눈꽃 마을을 바라보는
북풍의 눈동자

바닷가 시인의 마을

파란 새벽
하얀 바람
마을은 회색처럼 잠들었다

물결을 타고 넘는 파도가
푸른 물고기처럼 튀어 오른다

검은 일출이 몰고 오는 차가운 공기
흉가가 된 고향처럼 뼈가 시리다

바다로 얼굴을 내민 허름한 술집
덜컹대는 창문 넘어
벽에는 바다의 시가 걸려 있다

파도에 맞선 전사
용감하게 바다를 낚아 올린
시인은 떠나고
전리품처럼 남겨진 시가

졸음에 겨운 눈으로 말을 건넨다

삼둥이

수많은 감정이 지나가는 화려한 사람의 거리
햇살이 초록 정원처럼 반짝인다

손에 손 꼭 잡고 걸어오는
조그만 어린아이 셋

꼭 같은 인형처럼 흰색 롱코트
갈색 어그 부츠 신고
동글동글 귀여운

눈 속의 꽃을 만난 전율처럼 흥분하여
'같은 날?' 참을 수 없는 질문이 튀어 나가고
'네' 느티나무처럼 늘씬한
엄마의 짧은 대답 속에
메아리처럼 울려 퍼지는 행복 미소가 청량하다

가장 아름다운 천사를 만난 감동이
겨울 낙엽처럼 떨었다

어디로 가는 걸까

눈송이처럼 순결한 외출

아장아장 걸어가는 거리는

물방울처럼 깨끗해진다

우리 동네 커피집

구름처럼 지친
차 한 잔이
쉬어 가는 공간

'또 만납시다' 커피 하우스
이름이 무색하게
덩그런 가게를 지키는
커피 향기
은은한 리듬을 타고
외로운 여인의 싱글 댄스처럼
빈 의자 사이를 돌아다닌다

낮은 조명
적막한 향기

숲속 참새의 집
인적 없는 둥지에서
오늘도 나는

침묵하는 나를 만난다

순수한 자각

나의 글은 깨진 돌처럼
아물지 않은 상처가 날카롭다

이젠 푸른 바다를 날아가는
검은 새를 닮은 시를 쓰겠다

주인 없는 식탁처럼 어지럽게
남겨진 글은 쓰지 않겠다

생명을 보살피는 물고기처럼
헌신의 시를 쓰겠다

나의 생을 지켜준 너에게
감사를 전하는 보잘것없는 선물

반지도 은방울도 아닌
따뜻한 사랑을
흰 장미처럼 기록하고 싶다

바람의 햇살
새들이 날아간다

신화와 역사

오솔길의 동반자 신화와 역사

신화는 신비롭고 날렵했다
동화 같은 이야기가 화려하다
역사는 무거운 갑옷처럼
두려움과 험난한 피를 흘렸다

신화는 아름다웠고
역사는 잔인하였다

신화는 승리였고 주인공은 행복했다
역사는 패배였고 왕의 나라는 사라졌다

신화는 하늘의 문
역사는 짐승의 문

광활한 들판을 걷는 동반자

친구처럼 걸었지만
둘 중 하나는 그림자였다

인생은 선거 벽보처럼 흘러간다

무서운 얼굴이 웃고 있다

황무지를 뒹구는 돌멩이처럼
공허한 눈동자

번들거리는 얼굴이
기름진 탐욕으로 빛나는
투탕카멘의 가면처럼 아름답다

영원한 부귀영화에 굶주린
수많은 감정이 채색되어 있다

얼마나 깊은 좌절의 골짜기를
해골처럼 걸었을까

믿음 없는 정의에 시달린 자세
배반에 굴복한 장승처럼
험한 얼굴로 집은 지어졌다

무서운 권력의 장수말벌처럼

순박한 세상을 향해 윙윙거린다

겨울 연가

차가운 거리
기다릴 사람 없는 햇살은
일찍 집으로 돌아갔다

가로등처럼 남겨진 노을이
황금 종소리처럼 울린다

검은 외투처럼 무거운 밤
가벼운 촛불이 몸을 흔들며
다정하게 말한다

모든 일은 만들어졌다
만들어지지 않은 일은 일어나지 않는다

믿기 어려운 이야기가
달의 우물가에 모인 구름처럼 속삭인다

의심 많은 노란 사랑은

흰 눈처럼 차갑게 돌아누워 눈을 감는다

오늘 하루도
깨진 유리가 깔린 길처럼 위험했다

갑자기 찾아온 겨울

동반자 없는 겨울 나그네
부엉이처럼 문을 두드린다

바람은 쌩쌩
빈 가지가 바르르 떨었다

식어 버린 가난처럼
차가운 눈동자

겨울이 왔다
까마귀처럼 차갑다

창가의 가을 하늘은 철없는
장난감 인형처럼 보챈다

해바라기를 보러 갈까
안 돼
찬바람이 등을 때렸다

겨울옷으로 갈아입고
햇볕이 잠시 따뜻해진 사이

해바라기는 멋질 거야
안 돼
찬바람이 목덜미를 감는다

안 돼 안 돼
가지 끝에 남겨진 마른 잎이
몸을 떨며 소리친다

가을이 허수아비처럼 당황한 날
눈송이처럼 차가운
파란 겨울이 찾아왔다

이솝의 개구리 왕

부와 명예는 신의 손에 의해 기록되었다

우리가 겸손한 세상이 되지 않는다면
신은 개구리를 주식으로 하는 왜가리 같은
폭군을 내려 주었고

우리가 사랑의 밀밭을 가꾸었다면
생명의 바람을 들판에 내려 주었다

우리가 착한 연민과
햇살의 구름 같은 사랑을 믿었다면
세상은 어떻게 되었을까

빈방의 흔적

황폐한 공간

버림받은 사연이
매미 껍질처럼 뒹굴었다

주인 없는
쓸쓸한 물결이
동그란 침묵의
호수에 번진다

한 조각의 시간도
나누어 주지 않는
사악한 편지 같은

수신자 없는 세월이
햇살의 연기처럼 굴러다닌다

하얀 돌담에 부서지는 햇살

맑고 차디찬 그 겨울은
수정처럼 반짝였다

눈 속에 묻힌
시간의 함정 속에서
가혹한 추위를 견디는 나무

따뜻한 햇살 한 조각
돌담에 앉아 있다

촉촉한 천국을
꿈꾸게 하는
따뜻한 소망처럼

햇볕에 찰랑거리는
금방울 소리

하늘이 맑을수록 겨울 구름은

난해한 편지를 쓴다

촛불처럼 위로받는 저녁

나는 나를 사랑한다

어디선가 들려온 신의 목소리
신비한 문장을 만나는 행운이었다

향기로운 꽃다발처럼 기뻤다
반딧불이 같은 지혜가 반짝인다

생활의 들판에
안개는 살얼음처럼 깔리고
딱딱하고 축축한 문장들이
까마귀처럼 몰려다닌다

쓸쓸한 바람이 찾아왔다
창을 열고 안아 주었다

나는 나의 세상을 위로한다

까치와 고양이

고집멸도의 진실은 공이다
불경을 외운다

너는 타다 남은 나뭇잎
시를 쓴다

환상의 말씀과
흙먼지 날리는 존재의 경계선에서
오늘도 배부른 하마처럼
멀뚱히 하늘을 본다

아무것도 없는
하늘만 본다

어디선가 까치가 울었다
누군가 까치를 불편하게 하는가 보다

겨울바람이 나타났다

신호등을 지키지 않는 불한당

낙엽은 무례하다
조용한 산책로 위를
절망한 자의 횡포처럼 뒹굴었다

철새의 급행열차가 지나가고
까마귀 울음소리가
폭주하는 경적처럼 울린다

꽃의 정원은 폐허의 문을 닫는다

난파선처럼 날아오른
방랑의 새들이
운명의 거울 같은 호수 위로 날아간다